AF240194

LE FILS BANNI.

LA BATAILLE DE PULTAWA.

LA PETITE BOHÉMIENNE.

ANALYSES DE MÉLODRAMES.

PARIS,

IMPRIMERIE DE SÉTIER,

Rue de Grenelle Saint-Honoré, N° 29.

1834.

LE

FILS BANNI.

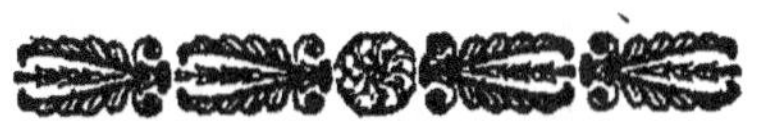

ACTE I.

La scène se passe en 1770; aux environs de Possidonia royaume de Naples.

Le baron d'Alvini ayant perdu sa fortune remplit dans cette province, sous le nom d'Alberti, la place de Podesta ou juge, que lui a fait obtenir son ancien ami le commandeur Alfieri dont le neveu, le comte Léon de Vincentini, habite le château voisin, et y est retenu par les charmes de Célesta, nièce d'Alberti. Le Comte a pris à son service deux intrigans, Stéphano et Ribaldi.

Le comte a fait préparer pour Célesta une fête dans le parc de son château ; il arrive, déclare ses sentimens à la nièce d'Alberti et lui offre sa fortune et sa main, mais elle le refuse en lui avouant que son cœur n'est pas libre. Alberti arrive et apprend au Comte que Célesta aime Justinio, son fils, qui, corrompu par un intrigant, le comte Rozelli, l'avait ruiné par ses débordemens ; furieux d'avoir été trompé, Justinio avait appelé en duel Rozelli, qui fut blessé dangereusement, mais croyant l'avoir tué il avait pris la fuite et on n'en avait plus entendu parler.

Le Comte détrompé n'en invite pas moins

Alberti et Célesta à la fête qu'il avait ordonnée ; ils acceptent.

Justinio arrive harassé de fatigue et mourant de faim, Maria, servante de Célesta, lui donne à manger et fait venir sa maîtresse qui reconnaît Justinio et lui conseille de se cacher jusqu'à ce qu'elle ait obtenu son pardon de son père.

ACTE II.

La scène se passe dans les jardins du Comte. Justinio se cache dans la cabane du garde chasse Benini. Au moment d'y entrer il aperçoit Stéphano et reconnaît en lui le comte Rozelli, qu'il croyait avoir tué. Le Comte survient, Stéphano lui propose d'enlever Célesta ; Léon hésite, mais finit par consentir.

On annonce au Comte l'arrivée de son oncle le commandeur Alfiéri ; il est introduit. Alberti et Célesta arrivent, Alfiéri se jette dans les bras de son ancien ami. Célesta demande au commandeur un moment d'entretien et, aussitôt qu'elle est seule avec lui, elle le prie d'intercéder auprès du Podesta en faveur de Justinio qu'elle va chercher. Alberti, sollicité par Alfiéri, reçoit son fils dans ses bras. A peine l'a-t-il embrassé qu'un officier arrive et lui remet l'ordre de faire arrêter un scélérat auteur de plusieurs vols commis à main armée, et de faire exécuter la sentence de mort rendue contre lui ; mais quelle est sa colère et son désespoir en voyant le nom du brigand : c'est Justinio d'Elvini, c'est son fils. Celui-ci veut se justifier, mais le père irrité ne veut rien entendre et lui ordonne de fuir.

ACTE III.

Le théâtre représente une partie du parc de Vicentini. Justinio mourant est porté dans la cabane de Bénini, où Maria lui prodigue ses soins, tandis que les sbires parcourent le parc pour s'assurer de sa personne. Le commandeur vient consoler Alberti en lui faisant espérer que son fils n'est pas coupable ; que lui-même a été arrêté par le scélérat dont il est question ; et qu'il est sûr que ce n'est pas Justinio.

Les sbires visitent la cabane de Bénini, mais Justinio, qui les a vu venir, s'est sauvé et se cache derrière une statue. Stéphano arrive et apprend des sbires qu'ils cherchent le brigand des environs d'Otrante, mais il se rassure par la certitude qu'il a commis ses crimes sous le nom de Justinio. Les sbires s'éloignent et Stéphano raconte à Ribaldi la ruse qu'il a employée pour échapper à la justice. Il lui fait part ensuite de ses projets pour l'enlèvement de Celesta. Justinio a tout entendu ; il écrit à son père de faire arrêter Stéphano.

Le commandeur arrive ; on lui remet le billet, il fait venir Justinio et apprend de lui tout ce qu'il a entendu. Aussitôt des ordres sont donnés, Stéphano est arrêté et nie effrontément son crime ; mais Ribaldi dans l'espoir d'obtenir sa grâce, avoue tout, et proclame l'innocence de Justinio, qui doit bientôt épouser Célesta.

LA BATAILLE
DE PULTAWA.

ACTE I.

La scène se passe aux environs de Pultawa. Un village vient d'être incendié par les Russes, les Suédois éteignent le feu. On entend le canon: un convoi de vivres est attaqué par les Russes.

Floreska, fille du prince Menzicoff, favori du Czar, aime Eugène Renschild, colonel Suédois, qu'elle a vu prisonnier auprès de son père, qui, voulant la marier avec Drosenski, colonel des gardes du Czar, et s'étant aperçu de leur amour, s'empressa d'échanger son prisonnier. Eugène rendu à la liberté attaqua le camp russe et enleva son amante déguisée en officier.

Le sergent Valouski apprend à Floreska que Charles XII a défendu sous peine de mort d'introduire une femme dans le camp suédois.

Le roi arrive et veut questionner Floreska qui refuse de répondre. On annonce le colonel Drosenski, envoyé par Pierre-le-Grand, il vient offrir la paix à Charles XII; celui-ci refuse. Le Colonel russe reconnaît Floreska, et se retire après avoir sondé inutilement le roi pour savoir s'il consentirait à son échange.

Eugène, après avoir rompu la ligne des russes et dégagé les troupes du convoi, revient près de son amante et consent à ce qu'elle retourne auprès de son père.

On annonce au roi que le prisonnier russe

s'est échappé. Eugène avoue que c'était la fille du prince Menzicoff; et il demande pour toute grâce d'assister à la bataille qui va se livrer. Charles xii lui accorde 24 heures.

ACTE II.

La scène se passe sur des rochers au pied d'un moulin. Le Czar coupé de son camp, vient demander asile à la meûnière; elle lui donne les habits de son fils, absent pour le moment. Un sergent suivi de quatre soldats suédois arrive pour poser une sentinelle. Le véritable meûnier survient, le Czar le fait passer pour fou et le fait renfermer dans une chambre du moulin.

Le Czar s'apercevant que la sentinelle tombe de fatigue, rentre dans le moulin pour prendre ses armes et se sauver; mais Charles xii arrive, et, voyant la faiblesse de la sentinelle, prend sa place. Quelques cosaques viennent proposer à la sentinelle de les seconder pour arrêter le Czar et s'en défaire; le roi refuse de prêter les mains à cet assassinat, mais il est entouré par eux. Pierre qui a entendu le complot accourt au secours du roi; les assassins se sauvent. Le meûnier qui reconnaît le roi de Suède lui crie par une fenêtre que celui qui est devant lui est un imposteur, et montre les habits du Czar. Charles xii reconnaissant de ce que Pierre vient de le secourir, le laisse rentrer dans son camp.

Floreska dans sa fuite, s'arrête au moulin, Charles xii lui apprend qu'il a condamné à mort son amant. Eugène arrive et dit au roi de se sauver, qu'un parti russe approche. Drosenski, accompagné du chef des cosaques assassins, arrive pour s'emparer du roi de Suède, mais Eugène le fait sauver par une fenêtre et reste prisonnier.

ACTE III.

La scène se passe dans une forêt devant une cabane. Charles xii a perdu la bataille de Pultawa,
blessé et mourant de soif, il fuit avec le général
Levenhaupt, qui le quitte pour rassembler ses
grenadiers et venir à son secours.

Les Cosaques sont chargés par Drosenski de
le débarrasser d'Eugène qu'ils amènent déguisé
en cosaque, en lui faisant croire que c'est pour le
conduire auprès de Floreska. Au moment où ils
vont le massacrer, le roi paraît, abat d'un coup
de pistolet l'un des assassins, et, aidé d'Eugène,
met les autres en fuite. Le meûnier montre à Eugène à se servir d'un cor pour correspondre avec
les cosaques; celui-ci s'en sert pour les éloigner
du roi, au risque d'être pris. Les grenadiers suédois arrivent et emportent le roi sur leurs fusils.

A peine sont-ils parti que les Moscovites pa-
raissent. Eugène, toujours habillé en cosaque,
leur donne de fausses indications sur la route du
roi. Drozenski, qui a fait arrêter Floreska, vient
s'assurer de l'assassinat d'Eugène, celui-ci, qu'il
ne reconnaît pas, lui fait croire qu'il a été exé-
cuté, et lui montre, dans la cabane, le corps du
cosaque. Drozenski le charge de conduire Floreska à son père, mais Rusboff, le chef des cosaques, survient et les arrête.

Le Czar arrive, Floreska se jette à ses pieds
et lui demande justice; le prince réprimande
Drozenski, et promet aux amans de les unir.
Pierre envoie le général Renschild à Charles XII,
pour l'engager à ne pas aller chez les turcs, et
lui promettre une paix honorable.

LA PETITE
BOHÉMIENNE.

ACTE I.

La scène se passe devant un château aux environs de Tolède, sous le règne de Charles-Quint.

Ferdinand, fils du duc d'Alziras vice-roi d'Espagne, obligé de quitter la maison de son père par les intrigues d'une maîtresse de ce vice-roi, a vu dans les montagnes de l'Andalousie une jeune fille charmante qu'il retrouve aux environs de Tolède. Une petite Bohémienne nommée Lazarila l'aborde, lui apprend que le château appartient à Ranucio Zapador, grand d'Espagne et que son amante est Inès sa pupille, qui doit se marier avec Antonio; elle lui promet de le servir auprès d'Inès. Lazarila restée seule, voit tomber quelques pierres d'un mur et une main laisse tomber un papier qui lui apprend que le seigneur Sébastien Alvarès oncle d'Antonio a été à son retour du nouveau-monde arrêté par ordre du grand Inquisiteur, et ensuite transporté dans les cachots du château de Zapador. La petite bohémienne est sur le point de donner ce billet à Antonio neveu d'Alvarès, lorsqu'il arrive avec Zapador; mais ayant écouté sans être vue, elle apprend d'eux que c'est de concert qu'ils ont emprisonné Alvarès, et qu'ils se proposent de faire assassiner le vice-roi. A la fin de cette scèue, Lazarila se jette sur un banc et fait semblant de dormir. Antonio aperçoit à son col une médaille qu'il a vu chez son oncle et que Lazarila dit être son talisman.

Zapador veut qu'Inès épouse Antonio; mais elle déclare qu'elle aime un inconnu.

ACTE II.

La scène se passe dans un jardin.

Les ouvriers qui ont tout préparé pour une fête, serrent leurs ou tils dans un souterrain qu'ils oublient de fermer. Alvarès en sort. Lazarila survient, écoute ses infortunes et lui apprend qu'Antonio, son neveu, est d'accord avec Zapador pour le persécuter; mais qu'elle avertira le vice-roi son ami.

Gavaco, geôlier de la tour, arrive en cherchant son prisonnier qu'il fait rentrer dans le souterrain. Il revient trouver Lazarila pour lui demander l'explication d'un songe; celle-ci lui annonce qu'il découvrira un trésor. Tous les habitans du château surviennent et Lazarila fait danser la troupe des Bohémiens. La petite bohémienne fait ensuite cacher Ferdinand dans les buissons, et, pendant qu'elle amuse Barbara, il a un entretien avec Inès. Lazarila apprend à Ferdinand le danger que court son père le vice-roi, qui vient d'arriver près de Tolède; celui-ci vole à son secours, après avoir remis de l'or à Lazarila pour tromper Gavaco.

ACTE III.

La scène se passe devant le château de Zapador, on voit une partie du parc.

Pédrille, domestique de Ferdinand, sort d'une citerne et annonce à Lazarila qu'elle est convenable pour y prendre Gavaco au moyen des pièces d'or qu'il a semées sur l'escalier.

Inès paraît à sa fenêtre. Lazarila lui dit de descendre en s'aidant des branches d'un arbre; mais Antonio survient pour parler à Zapador, et, tandis qu'on leur ouvre la porte, Inès sort sans avoir été aperçue. Lazarila lui dit de se rendre dans un pavillon près de là, et de l'y attendre. Pédrille rentre dans la citerne.

Zapador sort du château avec Antonio qui lui annonce qu'il a soudoyé deux brigands pour assassiner le vice-roi; ils partent ensuite pour aller faire leur cour au Duc.

Gavaco sort de la tour avec une lanterne, et demande à Lazarila où est caché le trésor; celle-ci lui dit qu'il est dans la citerne, mais qu'on ne peut y entrer si l'on a sur soi du cuivre ou du fer. Il ôte la monnaie de cuivre qu'il a sur lui, va pour descendre, mais des flammes sortent de la citerne. Lazarila lui fait observer qu'il a encore les clefs de la tour; il les cache, mais la petite bohémienne a remarqué l'endroit. Pendant que Gavaco cherche dans la citerne, Pédrille souffle sa lanterne, le laisse dans l'obscurité et vient rejoindre Lazarila qui a rendu la liberté à Alvarès. Ils prennent la fuite.

Une chasse aux flambeaux parcourt le parc ; le vice-roi paraît à la tête des chasseur. Les deux brigands profitent du moment où il est seul pour se jeter sur lui ; mais Ferdinand accourt aussitôt, tue l'un des assassins et poursuit l'autre. Zapador arrive et félicite le vice-roi. Inès, Alvarès et Lazarila viennent l'accuser. Alvarès, en se jettant dans les bras de son ami, lui apprend qu'il vient de reconnaître sa fille, qu'il croyait perdue, dans la petite bohémienne. Ferdinand survient et se jette dans les bras de son père. Au moment où il venait de tuer l'assassin qu'il poursuivait, il a été attaqué par Antonio et lui a fait mordre la poussière ; mais en mourant il lui a remis un écrit qui accuse Zapador. Le vice-roi promet à celui-ci le pardon s'il veut abandonner ses droits sur sa pupille, ce qu'il accepte en jurant de se venger. Ferdinand et Inès sont au comble du bonheur.